BOMBÍN Y BIGOTES

BOMBÍN Y BIGOTES

HUESOS EN EL HOYO Y UNA MANZANA DE ORO

MEG McLAREN

Traducción de Adolfo Muñoz

ANAYA

Título original: *Watts & Whiskerton. Buried Bones and Troublesome Treasure*
Publicado por primera vez en Gran Bretaña, en 2024, por Piccadilly Press,
sello editorial de Bonnier Books UK Limited, London.

1.ª edición: marzo de 2025

Valentín Beato 21. 28037 Madrid
www.anayainfantilyjuvenil.com

Director editorial: Pablo Cruz
Editora: Patricia Emo Marty
Asistente editorial: Mercedes González Grande

ISBN: 978-84-143-4306-7
Depósito legal: M-22225-2024
Impreso en España - *Printed in Spain*

PAPEL DE FIBRA
CERTIFICADA

Para Jonny,
mi perfecto compañero en el crimen

CUARTO
DE PERLA
PLANTAS
AROMÁTICAS
MANSIÓN BIGOTES
ESTACIÓN DE TREN DE CHISMORRUD

ROSALES
INVERNADERO
HOYO PARA LA PISCINA
CASITA
DE RODRIGÓN
Mapa de la
MANSIÓN BIGOTES
MUSEO

¡Hola, me llamo **Bombín!**

Provengo de una familia de detectives, y he viajado con mis padres por todo el mundo mientras resolvían sus curiosísimos casos. Pero mis padres son unos detectives tan buenos que nunca he tenido ocasión de ayudarlos. Y por eso no sé si yo también podría ser un buen detective. En realidad, ni siquiera sé si quiero serlo, porque nunca he probado otra cosa.

Por eso, cuando mis padres se fueron a buscar el Gamusino del País de Queseyó, decidí que era hora de un cambio.

Quería saber cómo era la vida cuando no estábamos persiguiendo ladrones de diamantes ni buscando ningún botín perdido hacía tiempo.

Además, no me apetecía volver a la selva. Tenía ganas de pasarme una semana haciendo lo que quisiera. Pero los misterios parecen perseguir a mi familia dondequiera que vaya, y mis vacaciones no iban a ser tan relajadas como me esperaba. Aunque al final tuve la ocasión de averiguar si era capaz de resolver un caso yo solo.

Esta es mi mejor amiga,

Perla

¡Tiene aún más afición que mis padres a la intriga policiaca!

Y esta es la historia de cómo nos conocimos Perla y yo.

Como me encanta escribir, fui anotando todo lo que pasó. Me pregunto si podría ser escritor, en caso de no hacerme detective. Pues resulta que aquellas vacaciones me dieron la ocasión perfecta para practicar las dos cosas...

HUESOS EN EL HOYO Y UNA MANZANA DE ORO

NOTAS ~~INVESTIGACIONES DE~~ BOMBÍN

Esta mañana me levanté muy temprano. ¡Antes de que se despertaran los pájaros! Por suerte, papá me envolvió un sándwich. Me lo comí dos minutos después de coger el tren, y luego he lamentado no habérmelo guardado. Menos mal que mamá me metió en la maleta una azucarada **sorpresa.**

¡Adiós, hogar!

Hasta ahora en el viaje no ha pasado nada raro. En vez de las ajetreadas calles y los altos edificios de mi ciudad, se ven vacas y prados, así que ya debemos de estar llegando. Acabamos de parar en el pueblo de Chismorrudo. ¡Ahora empiezan mis **vacaciones** oficialmente!

CAPÍTULO UNO

EL GRAN HOYO

¡La Mansión Bigotes era la casa más grande que había visto nunca!

Mientras papá y mamá recorrían a pie el bosque, yo me quedaría aquí, con el conde de Bigotes, un viejo cliente suyo que se había ofrecido a cuidarme. Tenía una hija de mi edad que debía recibirme en la cancela de la mansión.

MANSIÓN BIGOTES
POR AQUÍ
¡Hola! Tú debes de ser Bombín. ¿Qué tal el tren? Veo que te han gustado los dulces.
¿Cómo sabes todo eso?

Perla respiró hondo y dijo...

Pues muy fácil. El billete de tren te asoma del bolsillo...
Y tienes una mancha de mermelada en la pajarita.
Debe de ser mermelada, porque además tienes azúcar en la cara...
Los bocadillos no tienen azúcar ni mermelada, así que tienen que ser dulces...
Y la etiqueta de la maleta dice: «Por favor, Bombín, ten cuidado con esto».
Así que debes de ser Bombín. Encantada de conocerte. Yo me llamo Perla.

—Será mejor que vayamos ya —dijo Perla—, para no llegar tarde.

Me alegré de que nos interrumpieran. Mamá y papá eran los auténticos detectives. Yo solo los ayudaba. Perla se decepcionaría cuando supiera que yo no era tan brillante como ellos.

Pero ahora no había tiempo para preocuparse de eso.

Mientras avanzábamos entre la multitud, Perla me explicó que su padre iba a hacer una piscina y que iba a haber una gran ceremonia de inicio de obras. Los jardines de la mansión no estaban normalmente abiertos al público, así que el pueblo entero había aprovechado la ocasión para ir y ver.

El conde de Bigotes estaba de pie, orgulloso, delante de un impresionante despliegue de rosas que había junto a la explanada.

—¡Buenas tardes a todos! —dijo él, saludando a la multitud—. Como muchos de vosotros sabéis, este año empecé a nadar, y ahora el agua me gusta más que a un pato. Pero últimamente la piscina municipal está muy abarrotada, así que he decidido hacerme mi propia piscina.

Mi hija me ha explicado que no sería de buen vecino guardarme la piscina para mí solo, y por eso la Piscina Plifplafplof de Bigotes estará abierta a todos. Me hace muy feliz que hayáis podido venir todos hoy, para presenciar el inicio de la construcción de mi..., quiero decir, de nuestro sueño.

Saqué mi cuaderno del bolsillo. Nunca se sabe cuándo se puede aprender algo útil, o hallar un detalle interesante que escribir.

Topolina tenía muchísimas ganas de empezar. Le encantaba hacer hoyos. Vivía para hacerlos.

El conde de Bigotes se acercó a nosotros con paso decidido.

—¿Te está molestando este periodista, Topolina? Creí que se habían ido todos a merendar. ¿Para qué periódico ha dicho que trabaja usted?

—No es periodista, papá. Es Bombín. Lo invitaste, ¿no te acuerdas? —dijo Perla.

Se me puso un nudo en el estómago. Todo el mundo se cree que yo soy un gran detective como mis padres. Pero ¿y si hubiera un problema serio? ¿Qué podría hacer yo?

—Bueno, tenéis que disculparme —dijo—, pero tengo un hoyo que cavar. ¿Estás lista, Topolina?

Cuando la excavadora arrancó, el conde de Bigotes se puso delante de la máquina de un salto, y gritó a Topolina para que maniobrara de modo que no le tocara sus preciosos rosales, que habían ganado premios.

Mientras mirábamos, Perla me preguntó:

—¿Siempre tomas nota de todo?

Eeeh... sí. Cuando mamá y papá están investigando, necesitan recordar todo tipo de detalles importantes. Yo lo anoto todo por si se les olvida..., pero no se olvidan nunca.

Aunque no se trata solo de anotar detalles. Escribir me ayuda a comprender el mundo a mi alrededor. No estoy seguro de haber heredado las habilidades detectivescas de mamá y papá. Puede que solo sea un escritor.

Perla se quedó callada. Tal vez no quisiera ser amiga mía si yo no era detective... Pero, al cabo de un momento, sonrió.

Creo que puedes ser lo que quieras. Anota esto, Bombín: cavar es aburrido. Vamos, te enseñaré la casa.

La Mansión Bigotes era como un laberinto. Tenía más habitaciones de las que yo era capaz de contar.
CUARTO DE BAÑO
¡Ay!
ESTANCIA DEL CONDE DE BIGOTES
SALÓN
Normalmente el salón no está lleno de gente del pueblo.
PUERTA DE DELANTE
¡Frzz!
SÓTANO

Aquí no solemos subir.
INQUIETANTE DESVÁN
Y esta es la mejor habitación de la casa...
PRIVADO
COMEDOR
¡JO...!
PUERTA DE ATRÁS
BIBLIOTECA

¡Misterios! Daba igual dónde fuera, no podía escapar de ellos.

El cuarto de Perla estaba lleno de sus aficiones. Se parecía sorprendentemente al mío. Tal vez me quedé callado mucho rato, pues ella dijo de repente:

—Supongo que no te apetece resolver misterios. Seguro que te aburre. ¡Habrás vivido tantas aventuras emocionantes…!

—¿Emocionantes...? La última vez que estuve en la selva casi me comen vivo —dije—. ¡Pero esto es alucinante! Llevo tanto tiempo con mis padres y sus investigaciones que me parece fenomenal tener a alguien de mi edad con quien hablar. Y también tengo ahora la ocasión de averiguar qué es lo que me gusta.

Al caer la noche, deshice la maleta mientras Perla observaba la excavadora que abría el hoyo.

—Topolina tendrá que parar enseguida. Mis oídos ya no soportan más ruido. ¿Estás seguro de que estarás bien ahí en el suelo?

—Yo no he acampado nunca —dijo Perla—. A papá no le gusta el aire libre. Es gato casero.

—Yo he acampado por todas partes. Una vez acampamos de noche en el río Revuelto. Solo cuando salió el sol nos dimos cuenta de que habíamos montado la tienda sobre una balsa, ¡y de que bajábamos por el río!

Nos reímos los dos.

—Acampar dentro de casa es mucho más seguro —dije, y nos pusimos a montar la tienda.

Al final cesó el ruido. Vimos a Topolina recogiendo y yéndose a casa.

Había sido
un día muy
divertido,
y con la tienda
terminada
de montar,
nos acostamos
y enseguida
nos quedamos...

A la mañana siguiente, nos despertó un grito.

Salimos en pijama para ver qué pasaba.

Perla y yo miramos las rosas, y después nos miramos uno al otro. Nos encogimos de hombros.

—¿Qué pasa, papá? A nosotros nos parece que están bien.

—¿Bien...? —replicó—. ¡Ayer estaban perfectas! Mirad este estropicio. Alguien las ha estado moviendo.

Justo entonces llegó Topolina, silbando alegremente. Se molestó mucho cuando Perla le preguntó si había tocado las rosas.

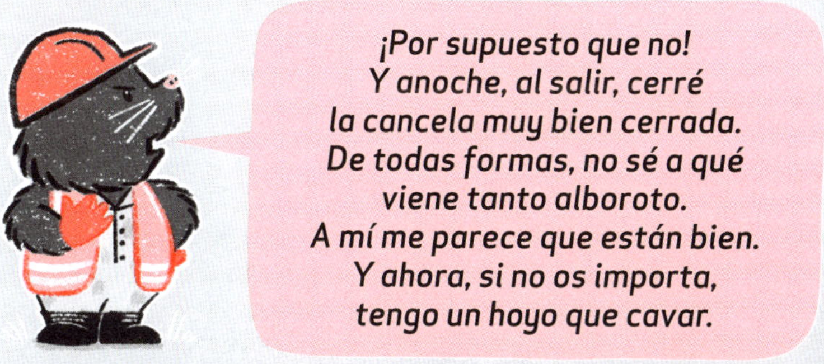

Topolina empezó a trabajar, y volvió a empezar el ruido. Pero antes de que levantara la pala cargada de tierra, noté que algo brillaba en el hoyo.

Perla y yo nos acercamos para investigar.

—¡Tonterías! —exclamó el conde de Bigotes—. ¡Todo el mundo a trabajar!

—¡No puede seguir! —exclamó Perla—. Estaríamos destruyendo pruebas. ¿No tengo razón, Bombín?

Me sentí incómodo al ver que todo el mundo me miraba. Perla me dio ánimos con un movimiento de la cabeza, y yo intenté pensar qué dirían mamá y papá si estuvieran allí.

El conde de Bigotes llamó al museo para explicar nuestro hallazgo. La doctora Pandora dijo que acudiría de inmediato.

—¡Has visto, Bombín? ¡Va a venir a inspeccionar los terrenos una auténtica arqueóloga!

El conde de Bigotes volvió, seguido de cerca por un reportero que había llegado para dar las últimas noticias sobre la piscina.

—Pues puede que encuentre usted otra noticia aún más interesante —dijo el conde observando el diente.

Mientras esperábamos que llegara la experta del museo, Perla me preguntó:

—¿Has encontrado alguna pista que nos indique de qué se trata?

—El trabajo de detective consiste en dos cosas. Primero, en los hechos comprobados. Yo podría suponer qué es lo que hemos encontrado, pero no estaremos seguros hasta que lo examine un experto.

—¿Y segundo...? —preguntó Perla.

Tal como había prometido, la doctora Pandora (la listilla que escarbaba) llegó enseguida, llevando con ella a su ayudante, el doctor Arty Lugio. Él era paleontólogo, o sea, alguien especializado en huesos de dinosaurios.

Tras mucho discutir, confirmaron lo que había pensado Perla: que Topolina tendría que esperar.

¡Habíamos encontrado un diente de dinosaurio!

NOTAS ~~INVESTIGACIONES DE~~ BOMBÍN

Aquí en la Mansión Bigotes, todo ha dado un giro muy **emocionante**. ¡Hemos descubierto un diente de dinosaurio! Y Perla y yo podríamos estar ante un enigma que tendríamos que resolver. No estoy seguro de que eso me haga gracia, ya que he venido aquí para descansar.

LOS HECHOS

* Según el conde de Bigotes, sus rosas han sido movidas durante la noche. (Pero a Perla y a mí nos parece que están igual que estaban).

PREGUNTAS

* ¿Por qué va a andar nadie moviendo las rosas?

CAPÍTULO DOS

Tras nuestro inesperado madrugón, Perla y yo nos vestimos y nos sentamos a desayunar. En todas partes hablaban de nuestro descubrimiento.

—Bueno, me gustaría que hicieran sus descubrimientos históricos en otro lado, ¡donde no me retrasaran la piscina! —dijo el conde de Bigotes, saliendo del comedor muy enfadado.

Date prisa, Bombín. Quiero ver si han encontrado algo más. ¡Podría ser el descubrimiento más emocionante que se haya hecho nunca en este pueblo!
A lo mejor le dan mi nombre al dinosaurio, porque yo lo descubrí.
¡El «Perlasaurio»!
¿No lo descubrimos los dos?
Vale, de acuerdo... ¿Qué tal «Perlabombinsaurio»?
CHISMESPORTIVO
¡QUÉ CHANCHULLO!
¡GUAU! ¡GUAU!

En el periódico venía una bonita foto del conde de Bigotes. Era una pena que la noticia de la piscina en la primera página ya estuviera desfasada. Le pregunté a Perla si creía que realmente alguien había movido las rosas.

—Si lo hicieron, no se las llevaron muy lejos. ¡Y ahora papá se asegurará de que no entre nadie! Venga, coge esa tostada y nos vamos —dijo Perla, abriéndome la puerta.

Fuera, la doctora Pandora
había estado muy ocupada.

Me sorprendió lo mucho
que había descubierto ya
el equipo arqueológico.
El doctor Arty Lugio
se ofreció a guiarnos
por el yacimiento.

Podría tratarse de un descubrimiento de enorme importancia. Los huesos que están apareciendo son muy antiguos. Debemos tener cuidado y trabajar con orden.

Hemos hecho una cuadrícula con cuerdas para saber dónde se encuentra exactamente cada pieza.

Vamos pasando de un lado al otro de la cuerda para asegurarnos de que no nos dejamos nada por buscar.

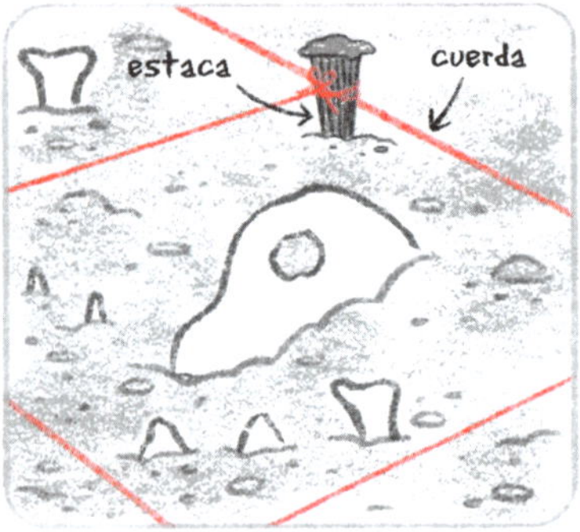

La doctora Pandora aparta la tierra con un cepillo, con mucho cuidado.

Y yo fotografío y pongo una etiqueta a cada cosa que encontramos.

—Después, lo llevaremos todo al museo, donde montaremos el dinosaurio.

—¿Qué clase de dinosaurio es? —preguntó Perla—. ¿Podría haber más de uno?

—Es demasiado pronto para saberlo —dijo Arty—. Hemos tenido la suerte de que empezaran a cavar. Si no, podríamos no haberlo descubierto nunca.

—Es un poco como encontrar a un criminal, ¿no? —dije yo—. Se necesitan todas las pistas antes de dar con la solución. —Perla me miró con orgullo.

Arty nos dijo adiós con la mano y regresó junto a la doctora Pandora para ayudarla. Nos prometió que nos dejarían ir al museo a ver cómo montaban los huesos.

—¿No es emocionante? —dijo Perla—. ¡Tendremos asientos de primera fila para ver un esqueleto de dinosaurio!

Pero yo pensaba en lo que había dicho Arty. Qué casualidad que fueran a hacer la piscina justo donde estaba el dinosaurio, al lado mismo de las rosas...

—Puede que no sepas si eres detective o no, pero tienes la curiosidad de un detective —dijo Perla.

Inspeccionamos cuidadosamente el macizo de rosales, pero no encontramos nada fuera de lo normal. Si al menos hubiera un modo de demostrar que las habían movido...

—Papá guarda más fotos de esos rosales que de mí —dijo Perla, riendo.

—¡Perla, eres un genio!

Puse al lado de los rosales la foto del conde de Bigotes. Tenía razón. Ahora teníamos la prueba: ¡algunas de las rosas estaban movidas!

Ahora que oficialmente había un misterio que resolver, era mi ocasión de averiguar si yo era detective de verdad, o solo hijo de detectives. Pero me alegraba no tener que hacerlo solo.

Estudiamos más de cerca las plantas que se habían movido.

Mientras le explicábamos a Rodrigón lo que estábamos haciendo, Topolina hizo un descubrimiento.

¡Eran huellas de patas!

—No entiendo por qué no usaron una pala —dijo Topolina—. Incluso alguien como yo, que ha nacido excavando, sabe que las herramientas facilitan el trabajo. ¡Bueno, siempre y cuando le dejen a una seguir con su trabajo! —Lanzó un suspiro, y se fue a su excavadora a sentarse.

Me pregunté si habrían movido los rosales para facilitar su crecimiento, pero Rodrigón dijo que no los habían movido lo suficiente como para que cambiaran sus condiciones en el suelo. Cogió su regadera y exclamó:

—¡Es un misterio!

En eso tenía razón. Perla me sonrió.

—¿Por qué sonríes? —pregunté.

—Acabamos de hacer otro descubrimiento gracias a ti. No puedes negar que eres un detective nato.

—La suerte del principiante —respondí, encogiéndome de hombros al oír el cumplido.

Pero en el fondo me preguntaba si sería cierto lo que había dicho Perla. Con los años, había aprendido mucho de mis padres, pero no se trataba solo de eso. Yo no podía evitar pensar en cada pequeño detalle de las cosas. Mi mente volvió al caso:

Perla me dio con el codo y siguió diciendo:

—Recapitulemos: alguien mueve los rosales de mi padre: ¿Dónde? En el jardín. ¿Cuándo? De noche. ¿Por qué? No lo sabemos. ¿Cómo podríamos averiguar de quién se trata?

—Mis padres empiezan descartando sospechosos.

Sin darme cuenta, me quedé dormido.

Por suerte, Perla estaba despierta por los dos, y se había dado cuenta de que en el jardín sucedía algo sospechoso.

Bajamos la escalera corriendo y miramos por la puerta.

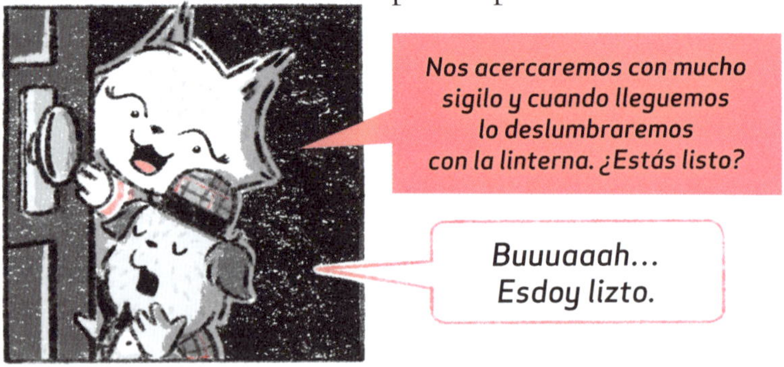

En el momento en que llegamos al césped, una voz exclamó:

—¡Ajá! ¡Os he pillado, bribones!

Y nos vimos atrapados.

Resulta que nosotros no éramos los únicos que estábamos vigilando. El conde de Bigotes también había visto la linterna.

De repente, oímos un ladrido y el crujir de los rosales. ¡Alguien seguía allí! Los tres juntos nos acercamos y nos agachamos tras las rosas. Contamos hasta tres, y entonces saltamos. La última persona a la que esperábamos encontrar era...

—Yo estaba comprobando las rosas cuando oí que alguien empezaba a cavar —dijo—. Ladré, y entonces echaron a correr.

Perla apuntó con la linterna al lugar en que debía haber dos rosales.

Perla me dio con el codo.

—Mira el bolsillo de Rodrigón —susurró—. ¿Son imaginaciones mías o parece un...?

—¡Un hueso!

¿Había pillado Rodrigón a un intruso antes de que encontraran lo que andaban buscando, o éramos nosotros los que habíamos pillado a Rodrigón?

Echamos un último vistazo al suelo recién escarbado. Encontramos lo mismo que la vez anterior: huellas de patas.

NOTAS ~~INVESTIGACIONES~~ DE BOMBÍN

Ha sido un día fascinante. Perla y yo hemos aprendido mucho de arqueología, y ahora tenemos pruebas de que alguien ha movido las rosas del conde de Bigotes. Perla está emocionada porque tiene un enigma que resolver, y yo también estoy empezando a **disfrutar** de la investigación.

historia hecha excavando

PISTAS

* Algunas flores han cambiado de lugar mientras que otros rosales han sido arrancados.
* La tierra ha sido escarbada.

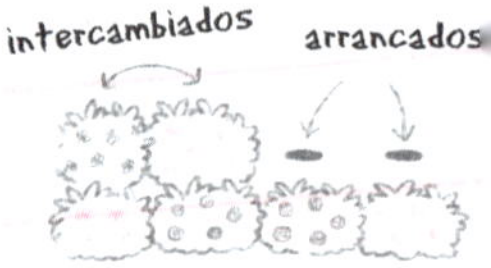

PREGUNTAS

* ¿Por qué han movido los rosales?
* ¿De quién son las patas que han escarbado los rosales?
* ¿Por qué Rodrigón llevaba un hueso en su bolsillo?

CAPÍTULO TRES

LISTA DE SOSPECHOSOS

A la mañana siguiente, decidí empezar pronto.

Pero antes de que tuviera ocasión de explicarme, llegó Arty para preguntarnos si nos gustaría ir al museo a ver cómo montaban el primer lote de huesos.

—Cuaderno preparado, Bombín —me susurró Perla mientras subíamos al coche—. Nunca se sabe cuándo puede aparecer una pista.

Al llegar a la cancela de los terrenos, Arty sacó una llave del bolsillo. Mientras salíamos, Perla le contó lo que había ocurrido por la noche.

—¿Otra vez? —preguntó Arty—. Tu padre tiene que estar que echa chispas.

—Puedes estar seguro —respondió ella.

Perla estaba tan emocionada por la visita al museo que enseguida se olvidó del caso.

Yo intenté que la conversación volviera a su cauce:

Arty negó con la cabeza. En el yacimiento, lo habían encontrado todo tal como lo habían dejado.

Arty parecía aliviado al decir:

No habíamos averiguado gran cosa sobre el caso, pero había algo que me intrigaba. Hice una anotación en mi cuaderno, y se la enseñé a Perla.

El museo era aún mejor
de lo que me había imaginado.
Era un espacio enorme
y retumbante, y estaba lleno
de tesoros.

¡AHÍ VA!
Echad un vistazo.

Mientras Arty desembalaba los huesos, Perla y yo contemplamos las obras expuestas.

—¡Ah, eso me recuerda algo! —dijo Perla, cogiéndome el cuaderno. Empezó a hojearlo, y me enseñó en qué había estado trabajando la noche anterior cuando yo me quedé dormido.

—¿Es una lista de sospechosos?

—Sí. No he puesto a papá, ni a ti ni a mí. Eso deja, dentro de los terrenos de la mansión, a Rodrigón. Y a Topolina, que tiene llave de la cancela.

—Arty también tiene llave —dije yo, añadiéndolo a la lista. Me pregunto si la compartirá con la doctora Pandora. Yo la añadiría a ella, por si acaso.

Nos quedamos mirando la lista. ¿Quién sería el culpable?

En un edificio tan fascinante como el museo resultaba difícil concentrarse en algo, y nuestra atención empezó a dispersarse.

Arty, que acababa de volver a por nosotros, nos lo contó todo sobre la pieza perdida.

Fue nuestro hallazgo más importante. Una manzana de oro puro, de unos trescientos años de antigüedad, enterrada bajo las arenas del desierto.

—Me apuesto algo a que somos capaces de encontrarla —dijo Perla.

Pero nosotros ya teníamos suficientes misterios que resolver, incluyendo el de qué tipo de dinosaurio habíamos encontrado...

Las salas traseras del museo no eran tan impresionantes como el salón de la entrada, ni estaban igual de bien organizadas. Había polvo por todas partes.

—Si nos perdemos, podemos seguir las huellas de los pies de Arty —susurró Perla.

—¡Forzaron la entrada...! —exclamé yo.

—¿Robaron algo? —preguntó Perla.

—Eso es lo raro... —dijo Arty—. Forzaron la cerradura de las dos puertas, pero no echamos nada en falta.

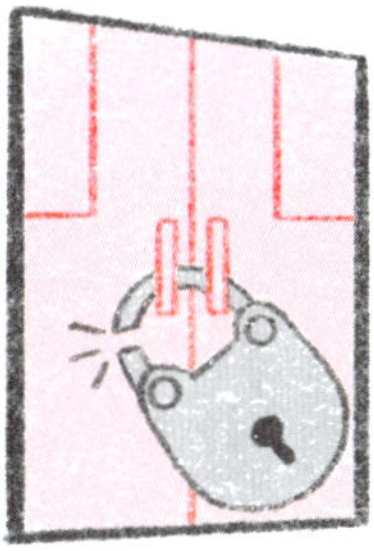

Observé el polvoriento batiburrillo de objetos que me rodeaba, y me pregunté cómo podían estar seguros de que no habían robado nada.

Montar un esqueleto de dinosaurio es como resolver un puzle gigante. Arty colocaba con cuidado cada hueso, probando diferentes posiciones para ver dónde encajaba. Trataba de descubrir qué huesos iban juntos.

—No, algunos de los huesos encajan entre sí, mientras que otros parecen fuera de lugar —dijo

Arty—. Debe de tratarse de una criatura que no he visto nunca...

Pero Arty no parecía emocionado.

Arty preguntó si nos gustaría ver más detenidamente uno de los huesos. Por supuesto, dijimos que sí, pero cuando nos lo pasó, sentí algo muy extraño. Traté de hacer memoria. Había visto a Arty sujetando aquel mismo hueso hacía solo unos minutos.

Al salir del museo, le enseñé la fotografía a Perla. Ella apretó la nariz contra el cristal, y murmuró...

El corazón me dio un vuelco. Por eso yo no quería dedicarme al trabajo de detective. Sabía que no se me daría bien.

Me preparé para oír a Perla diciéndome que estaba equivocado. Pero me sorprendió.

NOTAS ~~INVESTIGACIONES DE~~ BOMBÍN

¡Había tanto que ver en el museo...! Nos enteramos de todo lo concerniente a la Manzana de Cordovia y a cómo habían forzado las puertas recientemente. Espero que no vuelvan a entrar para llevarse nuestros huesos. Pero lo más raro de todo es que un hueso de las fotos del museo parece uno de los que

se han sacado del jardín.

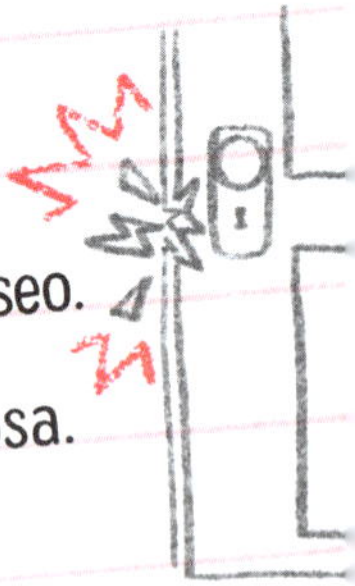

LOS HECHOS

* Recientemente han forzado la entrada al museo.
* El año pasado robaron una pieza muy valiosa.

PREGUNTAS

* ¿Para qué iba a forzar alguien las puertas del museo y no llevarse nada?
* ¿Quién robó la Manzana de Cordovia?
* ¿El hueso del jardín puede ser el mismo de la foto?
* ¿De dónde cogió Rodrigón el hueso que llevaba en el bolsillo?

CAPÍTULO CUATRO

Perla y yo cogimos el autobús para volver a casa.

—Aquí pasa algo muy extraño, Bombín. En lugar de un misterio, tenemos cuatro:

1. *Las rosas de papá*

2. *Las puertas forzadas del museo*

3. *El hueso de dinosaurio desenterrado dos veces*

4. *La desaparición de la Manzana de Cordovia*

—¿Por dónde empezamos? —preguntó ella.

Yo estaba acostumbrado a acompañar a mis padres en sus casos, pero nunca me había sentido parte de un equipo. Esto me gustaba. Y Perla tenía razón: yo sí que sabía cuál era el paso siguiente.

Perla puso cara de desilusión cuando le dije que no podíamos resolver cuatro casos a la vez. Mejor sería centrarse en el que teníamos más cerca de casa: las rosas.

—Todos nuestros sospechosos tienen acceso al jardín, pero necesitamos comprobar si todos tienen llave de la cancela —dijo Perla.

—También sabemos que el que las mueve deja huellas de patas —dije—, que podrían ser de cualquiera de nuestros sospechosos.

—Pero yo nunca he visto a Topolina sin guantes.

Yo tampoco la había visto nunca sin guantes. Además, habría tenido mucho tiempo para rebuscar la primera noche, así que no habría necesitado volver. Por eso taché a Topolina de la lista de sospechosos y me fijé en Rodrigón. ¿De dónde habría sacado aquel hueso?

—Le preguntaremos cuando volvamos —dijo Perla.

Estaba a punto de guardarme el cuaderno cuando vi el dibujo que había hecho antes. Cuando lo levantaba para que lo viera Perla...

Me guardé el cuaderno, y me olvidé de él.

Cuando llegamos, Rodrigón estaba en el invernadero.

Le preguntamos qué cosas necesitaríamos si queríamos empezar a cultivar plantas. Pero en realidad queríamos averiguar más cosas de nuestro caso.

—¿No podemos cavar con nuestras patas? —pregunté yo.

—No, no —respondió—. Las plantas son muy delicadas. Tenéis que tratarlas con cuidado si queréis que os crezcan.

—El caso es que... —dijo Perla con impaciencia— también queríamos preguntarte sobre el hueso que llevabas anoche.

—¿Hu... hueso?

—Sabemos que no es del yacimiento.

—No te preocupes —le dije yo—. Yo también sigo jugando con juguetes.

Mientras pasábamos por el jardín de hierbas aromáticas, yo me preguntaba por qué escarbarían de noche en las rosas.

Entonces taché a Rodrigón de la lista. Así que el culpable tenía que ser alguien del museo.

—Pero su trabajo es tan delicado que no me los imagino escarbando con las patas —dije—. Y la primera noche, no tenían la llave de la cancela. Llegaron a la mañana siguiente.

Como Arty seguía en el museo, era la ocasión perfecta para hablar a solas con la doctora Pandora.

Perla enseguida abandonó el plan.

¿Habéis disfrutado en el museo?
Sí, gracias.
El doctor Arty Lugio nos ha contado lo de la Manzana de Cordovia... ¡No me puedo creer que nadie la haya encontrado! ¡Y también nos ha dicho que forzaron la entrada del museo!
Sí, es terrible. ¿Ha identificado ya el esqueleto?
Dice que podría ser una especie nueva.
¿Cómo se puede saber? ¿No son iguales todos los huesos?
Son muy distintos. Se diferencian por el tamaño, la edad, la condición...
Es muy lista, Bombín. No suelta prenda.

Mientras Perla bajaba al yacimiento a hacer preguntas, yo me quedé arriba, desde donde tenía una vista perfecta. Esto es lo que descubrí...

1. *A veces la doctora Pandora no lleva guantes.*

2. *Y a veces los lleva.*

3. *Tiene su propia llave.*

4. *Es tan organizada como Arty.*

—¿Te has dado cuenta de todo eso desde aquí? —preguntó Perla al volver conmigo—. ¡Yo tendría que practicar eso de quedarme quieta y observar!

—Pero nada de eso nos sirve —respondí yo—. Los dos podrían haber escarbado con sus patas, tienen llave, y acceso al museo y al jardín.

No estábamos más cerca de descubrir cuál de ellos escarbaba en las rosas ni por qué.

Yo había pensado tanto sobre las pistas que me mareaba. Perla miraba mis notas en busca de algo que hubiéramos pasado por alto. De pronto dijo:

—¿Esto es un cuento?

Intenté quitarle mi cuaderno, pero no me dejó.

—Eeeh... No lo he terminado. Me puse a escribir sobre cómo resolvemos el caso.

—¿Trata de nosotros? ¡Entonces tienes que dejarme que lo lea! ¡Por favor...!

—Vale, pero solo las primeras páginas.

Me pareció que tardaba una eternidad en terminarlo.

—Eres un gran escritor, Bombín, de verdad. Pero además eres un buen detective.

—Las dos cosas se parecen —dije yo—. Resolver un caso es como escribir un cuento.

—¿En serio...? —preguntó Perla.

Resolver un caso nunca había sido tan divertido.

El conde de Bigotes apenas había probado la comida. Estaba hojeando un viejo álbum de fotos.

—Eran tan bellas que las sacaron en el *Cotilleo Chismorrudo* —dijo con orgullo el conde de Bigotes.

Yo le cogí el álbum y dije:

—¡Perla, tienes que ver esto!

El conde de Bigotes suspiró.

Saqué el cuaderno e intenté explicarlo:

—No se trata exactamente de un dibujo. Es...

—No seas modesto, Bombín. Mira, papá. ¿No te parece bonito?

El conde de Bigotes dijo que sí con la cabeza:

—Mis pobres rosas... ¿Qué les harán a continuación?

En ese momento me di cuenta de que tenía una pista que podía resolver todo el caso. Le propuse a Perla comer fuera.

—Es un bonito día para hacer pícnic, ¿verdad, Bombín? —dijo Perla.

—Eso es lo de menos. Mira lo que he descubierto. —Volví a enseñarle a Perla el dibujo.

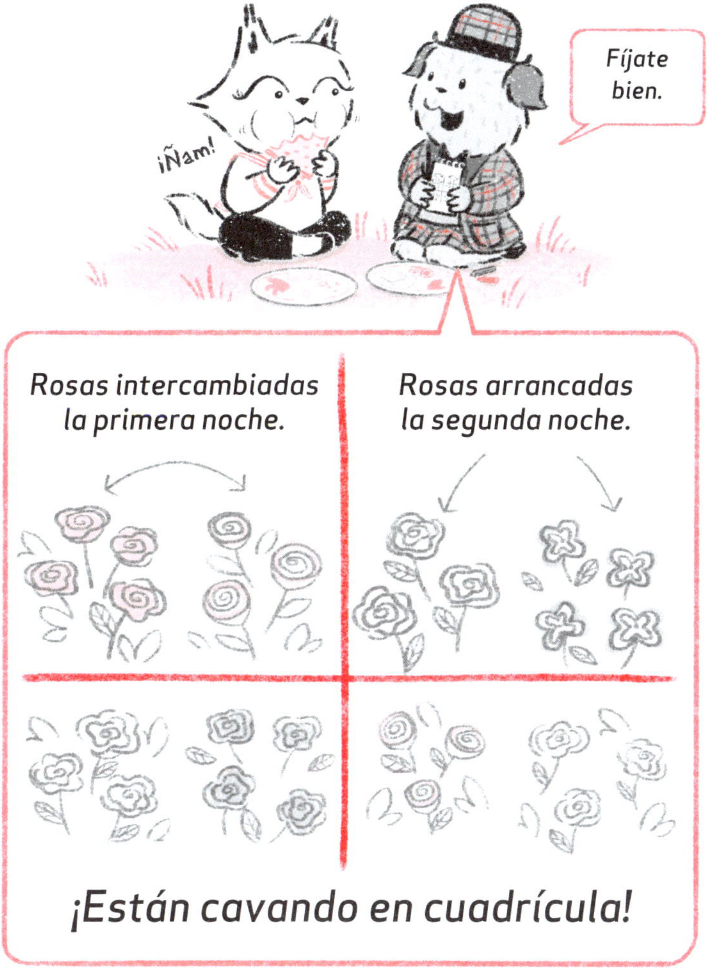

—Eso confirma que es alguien del equipo del museo —dijo Perla—. Pero ¿en qué nos ayuda eso?

Sonreí:

—Ahora sabemos dónde escarbarán a continuación.

¡BOMBÍN, ERES UN GENIO!

—¡Has resuelto este caso! ¿Por qué no me lo dijiste antes?

—No sabía que se trataba de una cuadrícula hasta que tu padre dijo: «¿Qué les harán a continuación?». ¡Entonces comprendí que podemos pillar al escarbador con las manos en la tierra!

Había llegado el momento de tender una trampa.

NOTAS ~~INVESTIGACIONES DE~~ BOMBÍN

¡Hemos resuelto el caso! Bueno, casi. Perla y yo acabamos de tender una trampa. Tenemos que esperar a que anochezca, y entonces sabremos quién lo hizo.

LOS HECHOS

* El bandido de los rosales está excavando en un sistema de cuadrícula (tiene que ser o el doctor Arty Lugio o la doctora Pandora).
* Hemos visto a los dos llevando guantes. Las patas de Arty son unas garras. La doctora Pandora se pone y se quita los guantes.

* Los dos tienen llave para entrar en el jardín y los dos han estado desenterrando huesos que ya habían sido desenterrados antes.

PREGUNTAS

* ¿Quién es el culpable?
* ¿Qué están buscando?
* ¿Está relacionado con los robos del museo?
* ¿Cómo entraron antes de tener llave?

CAPÍTULO CINCO

LA X MARCA EL PUNTO EXACTO

Pasamos las últimas horas de la tarde muy atareados, poniendo en acción nuestro plan. Después esperamos a que cayera la noche. Sabíamos que vendría el intruso: solo teníamos que tener paciencia.

Poco después oímos pisadas, el susurro de los rosales, y arañazos en la tierra.

¡CRAJ! ¡CRAJ!
¡RASSS! ¡RASSS!
¡FRUF! ¡FRUF!

Perla estaba muy nerviosa.

—¿Ahora...? —susurró.

Le hice el gesto de esperar. Teníamos que atraparlo con las manos en la masa.

Al final dejó de escarbar. Yo respiré hondo y grité:

Encendimos las linternas, y la cegadora luz reveló la identidad de nuestro culpable...

¡LA DOCTORA PANDORA!
Ah

En sus patas, la doctora Pandora sostenía una brillante manzana.

Habíamos llamado a la policía con antelación para que estuvieran allí cuando descubriéramos al culpable. Le quitaron el tesoro de las manos.

Solo cuando notó que las tenía llenas de purpurina se dio cuenta de que la manzana era falsa. ¡Es increíble lo que se puede hacer con una pieza de fruta y un bote de purpurina!

Se llevaron a la doctora Pandora a la casa para interrogarla.

Habrá que llevarse alguno de esos huesos como prueba.
Estamos en ello, jefe.
He visto la luz de las linternas al pasar por la cancela de camino a casa. ¿Qué sucede? ¿Por qué arrestan a la doctora Pandora?

Ella robó la Manzana de Cordovia.
¿QUÉ?
Bombín y yo te lo explicaremos todo.

—Todo empezó con las rosas del conde de Bigotes —dije yo—. ¿Qué interés podía tener alguien en escarbar en ellas? Tenía que tratarse de alguien que tuviera zarpas o garras. Y con acceso al jardín. Tras descartar como sospechosos a Topolina y Rodrigón, nos quedaban la doctora Pandora y el doctor Arty Lugio.

—El momento crucial fue cuando Bombín descubrió que las rosas habían sido excavadas en cuadrícula —continuó Perla—. Supimos cómo atrapar al culpable porque sabíamos dónde excavaría a continuación. Fue entonces cuando decidimos observar con detenimiento los otros casos que habíamos encontrado. Y vimos que todos estaban conectados.

Yo expliqué que habían forzado la entrada al museo pero no habían robado nada.

—Aunque, ¿cómo se podía saber, con aquel desorden? —preguntó Perla.

—¡Perla, deja que siga! —exclamó el conde de Bigotes.

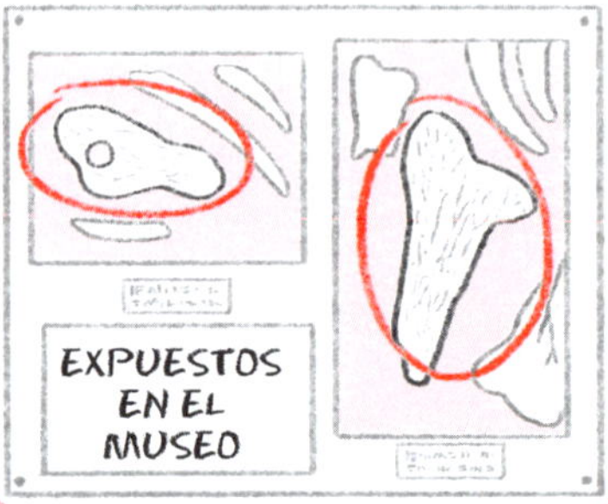

El ladrón estaba convencido de que nadie se daría cuenta.
¡Clin!
¡Clin!
Un hueso por aquí...
o por aquí...
¡Clin!
o aquí...
¡PLUM!
Y fingió que habían forzado las puertas como tapadera, por si alguien se daba cuenta de la desaparición de los huesos.

—Una vez resuelto el asunto de las puertas forzadas, empezamos a pensar en la Manzana de Cordovia, un caso que nunca me imaginé que podríamos resolver. Había desaparecido al mismo tiempo que se plantaban las rosas. ¿Y si fuera eso lo que el escarbador de rosas andaba buscando?

Bueno, ahora que sabíamos dónde excavarían a continuación, podíamos comprobar nuestra teoría. Solo una cosa se interponía en nuestro camino.

Le prometimos que sería la última.

Perla explicó el paso siguiente:

—Cambiamos la manzana real por nuestra manzana de purpurina, y pusimos en marcha nuestro plan. Llamamos a nuestros dos sospechosos y les dijimos: «¿Mañana podrías venir un poco más tarde? Papá quiere quitar sus rosas de ahí para plantarlas en otro lugar más seguro».

—El que había enterrado la manzana tendría que ir a recuperarla por la noche.

Para entonces, la policía había terminado de interrogar a la doctora Pandora y la había llevado a una oficina.

Lo que no entiendo es por qué la enterraste debajo de mis rosales.
La policía enseguida se dio cuenta de que era un robo interno. Era cuestión de tiempo que descubrieran que yo tenía la manzana.
Sniff
Sniff
¿Dónde podía esconderla? Una noche, al volver a casa, hallé la solución: en tu jardín había un hoyo recién hecho.
Rodrigón
MANSIÓN BIGOTES
Plantaré los rosales mañana a primera hora.

La doctora Pandora siguió contando:

—Conseguí despistar a la policía. Pero cuando volví a la Mansión Bigotes, algo había cambiado. ¡No podía recuperar la manzana!

—Así hasta la semana pasada, cuando vi un artículo en el periódico. Era mi oportunidad de entrar en los terrenos.

¡ACONTECE UN ACONTECIMIENTO!
La Mansión Bigotes te da la bienvenida...
¡PUERTAS ABIERTAS!
NOTICIA COMPLETA EN LA PÁGINA 14

Salí a escondidas justo antes de que Topolina cerrara la cancela. Sabía que me llamarían para excavar el dinosaurio.

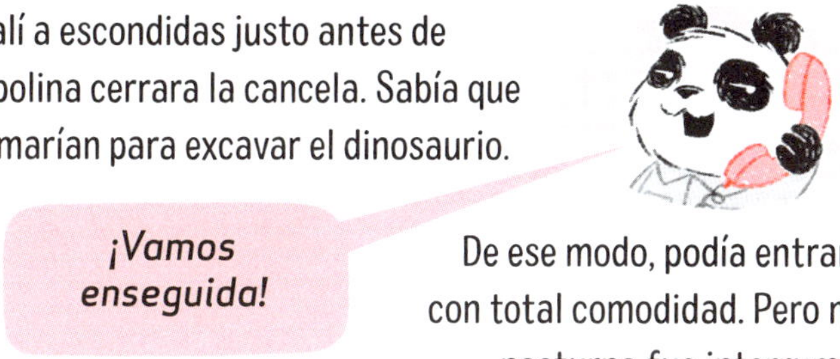

De ese modo, podía entrar y salir con total comodidad. Pero mi trabajo nocturno fue interrumpido.

—Y el resto ya lo conocéis —terminó de decir la doctora Pandora.

—¡Pobre doctora Pandora! —dijo Perla mientras se llevaban a la arqueóloga—. Al final encontró la manzana, pero nosotros la habíamos cambiado por una de purpurina.

—No es oro todo lo que reluce.

Arty seguía pasmado por la confesión de la doctora Pandora. Movió la cabeza con tristeza, como diciendo que no, y se fue a juntar los huesos del museo antes de que la policía se los llevara todos.

—¡Qué decepción no haber descubierto un nuevo dinosaurio! —dijo Perla, bostezando—. Tendremos que conformarnos con haber encontrado un tesoro desaparecido de valor incalculable.

Cuando subíamos la escalera para acostarnos, Perla me preguntó:

—Bueno, ¿qué piensas ahora, Bombín? ¿Eres un detective o un escritor?

—Yo soy un escritor —respondí.

Perla puso cara de tristeza.

—Pero nosotros —proseguí— somos detectives. No me gustaría trabajar solo.

Al día siguiente nos despertó temprano el ruido de la máquina.

Salimos al jardín andando sin ganas.

En el momento en que Topolina cogía la primera palada con su excavadora, vi algo que asomaba de la tierra.

¡Era un hueso! El conde de Bigotes casi se desmaya. Topolina lo miraba sin podérselo creer.

—¡Otro no! —exclamaron ambos con estupor.

Yo lo cogí con mucho cuidado. Perla lo apretó y soltó una risotada.

Estaba claro a quién pertenecía aquel hueso. ¡Caso resuelto!

Y esta es la historia de cómo Perla y yo nos hicimos muy muy amigos. Fueron unas vacaciones que no olvidaré nunca, porque resulta que lo que me gusta es resolver casos. Al fin y al cabo, soy un detective. Y aunque creo que podría resolver casos yo solo, no quiero hacerlo solo. Perla y yo sacamos lo mejor uno del otro.

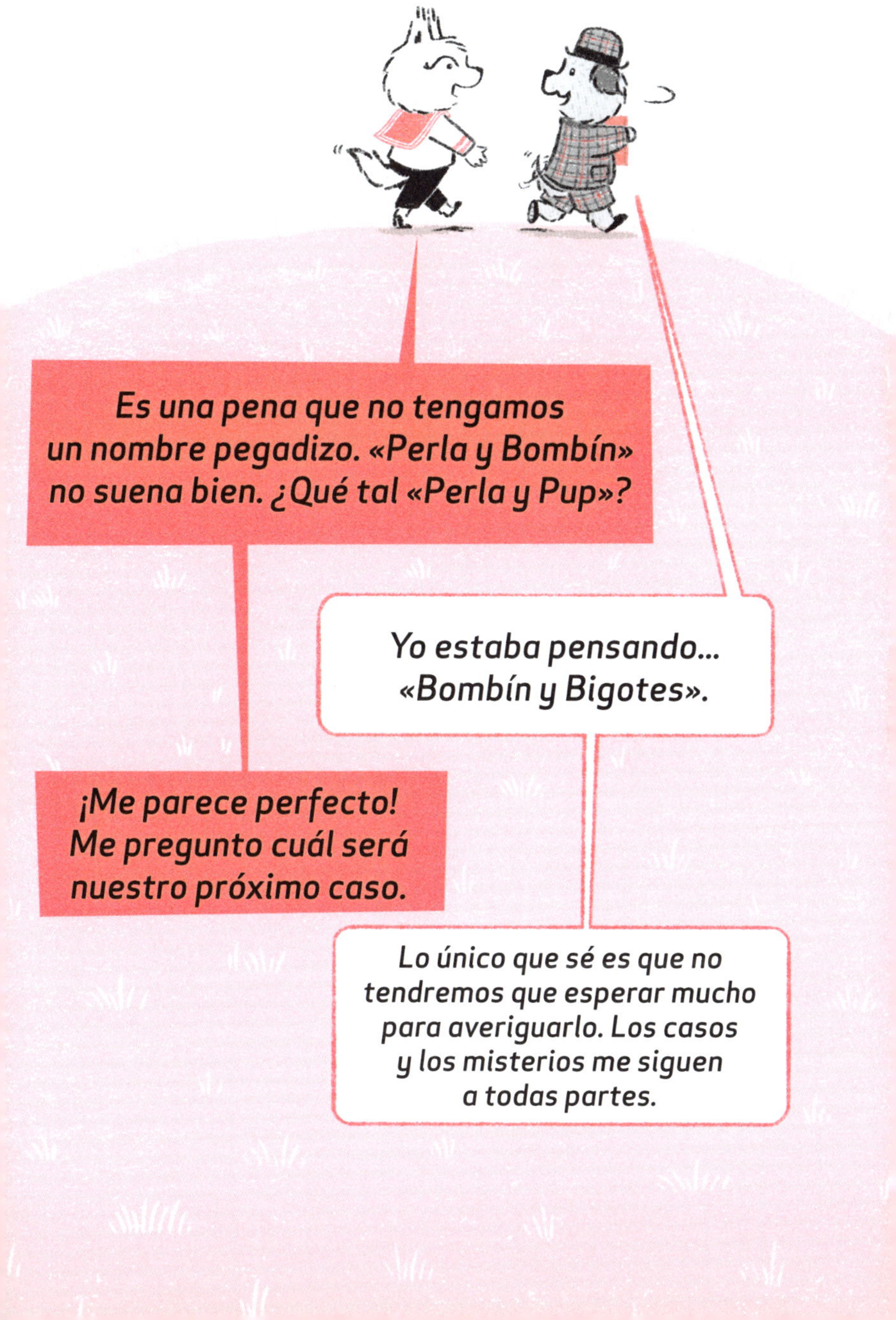
Es una pena que no tengamos un nombre pegadizo. «Perla y Bombín» no suena bien. ¿Qué tal «Perla y Pup»?
Yo estaba pensando... «Bombín y Bigotes».
¡Me parece perfecto! Me pregunto cuál será nuestro próximo caso.
Lo único que sé es que no tendremos que esperar mucho para averiguarlo. Los casos y los misterios me siguen a todas partes.

CASO RESUELTO